U0462474

与心相遇

王守斌 —— 著

YUXIN
XIANGYU

你是一朵迟开的木棉

历经整个温润的春天

粉色欲滴　含苞未放

清澈透亮的眼睛里

闪烁着迷人的光亮

我站在身后

不敢惊扰你的芬芳

静静地注视着你

敦煌文艺出版社

图书在版编目（ＣＩＰ）数据

与心相遇 / 王守斌著. -- 兰州 ： 敦煌文艺出版社，2023.9

ISBN 978-7-5468-2432-1

Ⅰ．①与… Ⅱ．①王… Ⅲ.①诗集－中国－当代 Ⅳ．①I227

中国国家版本馆CIP数据核字(2023)第172327号

与心相遇

王守斌　著

责任编辑：张家骊

封面设计：马吉庆

敦煌文艺出版社出版、发行

地址：（730030）兰州市城关区曹家巷 1 号

邮箱：dunhuangwenyi1958@126.com

0931-2131552（编辑部）　　　　0931-2131387（发行部）

兰州鑫泰印刷有限公司印刷

开本 889 毫米 ×1194 毫米 1/32 印张 5.375 插页 3 字数 100 千

2023 年 11 月第 1 版 2023 年 11 月第 1 次印刷

印数：1~400 册

ISBN 978-7-5468-2432-1

定价：68.00 元

诗情辽远酒如歌

姚成德

跟守斌师兄同入陈门几年，或浓或淡的酒喝过不少，一次偶然的机会才知道，他就是云丹嘉措，当年小有名气的校园诗人，笔名就是他的藏族名字。母校曾为庆典编过一本诗选，他和我各有一首小诗夹杂其中，为那一段青春岁月做了书签，如同校园里那些飘零的春花秋叶。微醺中看他依旧诗情飞扬，随口说出当年的妙笔佳句，眼里汪着孩子般的纯真，脸上挂着阳光似的笑容，竟有莫名的温暖与感动，默然慨叹人生何处不相逢。到了我们这个年龄，读书、谈诗，不过是白头宫女说玄宗，徒增伤感且又不合时宜。归来仍是少年，守斌师兄那晚唱了主角，有酒助兴，因诗而起的快乐，简单真实，醇厚绵长，如同歌声不断酒不断的那一坛青稞佳酿，醉了满桌亲朋好友。

后来也未能免俗，软缠硬磨，索了他一本旧作，

《草原的孩子》，版式简约，格调清新，是那个年代文学书籍特有的素雅模样。那天下午，他应酬公务，我闲坐翻书，远山如黛，窗外是奔流不息的长河，逝者如斯夫，岁月的微尘，已让这些青涩浅淡的文字散去墨香，蒙上一层来自大地和泥土的气息。弹指一挥开卷有益，扑面而来的竟是意外的惊喜，由衷的感叹，这本小书竟然藏着大爱，作者饱含深情回望草原，如同打马远行的少年，在帐篷外，在篝火旁，在经幡下，对酒长歌，献上自己对故乡的思念和礼赞，真挚如同灼热的太阳与烈酒，深情仿佛辽远的长空与雄鹰。

我们上大学那几年，诗歌是校园里的通行证。毕业以后，坚持下来的"诗人"屈指可数，文学也逐渐淡出公众视野，社会上有了更多的选择与诱惑，个体也有不同的抒发与表达。对于诗歌的痴迷与狂热，此情惘然成追忆，我已浑然"门外"，不知有汉，无论魏晋，但是心中仍有一片"桃花源"，那就是曾经的诗与文学，年少轻狂的理想与情怀。甚至常年持有自以为是的执念，总认为写诗的人大多心性纯良，于是对守斌师兄多了一份亲近，从他的言行举止、嬉笑怒骂中，看出了更多的诗人气质和性情。比如那纯净的毫不掩饰的笑，我还从未见过任何一个成年人，能把快乐和高兴在脸上表露无疑，甚至连皱纹里都写满了笑语飞扬，让我真正读懂了喜笑颜开、眉开眼笑。还比如那严肃得近乎苛责的正义感，遇见不平的人和事就会直言抨击，甚至怒目相向，生了许多不必要的闲气。草原上的孩子，有一颗不老的诗心，爱憎分明，如同浪迹城市这个江湖的刀客，快意恩仇，把人生活成了一首诗，一阕热血沸腾的《破阵子》，一曲锋芒毕露的《大风歌》。

忽然又有一天，守斌师兄郑重邀约，说他要出一本诗集，让我写点什么，这真是一种让人惶惑不安的信任。虽然诗与文学于我而言，早已是遥远的记忆，苦思冥想打捞起来的，是北岛、舒婷、海子们的余绪，跟守斌师兄的文风大相径庭，不知从何说起。但受人之托，忠人之事，勉为其难地作为一名诗歌爱好者，作为一名不太合格的读者，抱着知音的雅趣翻阅了诗集初稿，更加坚定了对守斌师兄的印象，辽阔草原孕育的诗心诗性诗情，已经融入了他的血脉和文字，造就这样一位真正的"情歌王子"，在属于他的情感王国里，纵酒欢歌、纵马驰骋，这是他的"小确幸"，更是他的"凡尔赛"，是对那段青春岁月的纪念，对那个纯真年代的追怀。当然，也是对万丈红尘的拒斥，对琐碎庸常的逃离，对人世间美好的宣喻和祈示。

这本诗集里的作品，明显要比旧作厚重，字里行间透露出老到与沧桑，但挥之不去的，还是阳光般的明媚，蓝天一样的纯净，打马草原的欢快，踏歌而舞的沉醉，一点浩然气，千里快哉风，让人情不自禁，跟着那些韵律和节奏，望着心爱的卓玛，跳起来，唱起来。守斌师兄的手笔气象不凡，有风吹草地见牛羊的粗犷，有对酒当歌人生几何的豪迈，也有窈窕淑女君子好逑的缠绵与浪漫。读来就像草原深处的一曲藏歌，细腻到纤毫毕现，高亢时穿云裂石，是伴着马头琴低唱的，是端着青稞酒高歌的。云丹嘉措，真是一个属于诗人的好名字，更是一位诗酒长情的好男儿。

记不起是闻一多还是谁说的，诗歌是带着镣铐跳舞。现代新诗，大多蔑视格律和规则，竭力从镣铐中解放出来。"我们失去的只是锁链，获得的将是整个世界！"守斌师兄却反其道而行之，把新诗写得那样整齐，也许是追慕藏族民歌，为谱曲吟唱作了歌词。也许是自信功力超群，想在古今中西之间融会贯通。无论如何，有时候难免画地为牢、自缚手脚。依我对诗的理解，往远里说是风雅颂、赋比兴，往近里说，是我们共同读过的一本书，"人的自由与真善美"。愿与守斌师兄共勉，诗心自守、初衷不改。诗情辽远酒如歌，且将华章寄蹉跎。

医不自医，给同门师兄写这样的文字，还真有点高不成低不就的尴尬。好在耳濡目染久了，性情也就近了，我跟守斌师兄对好多事情的看法，比如诗酒人生，基本一致，也有很多默契。因此犯不着寻章摘句、引经据典，像那些所谓的评论家一样故弄玄虚。一本书，一个人，都有他的际遇和造化。最后把三句话送给这本诗集和作者：诗，我看懂了；人，我交定了。哪天请酒，喝个痛快。

2022 年 12 月于兰州

目 录

Contents

便人间天上，尘缘未断，

春花秋叶，触绪还伤。

选自纳兰性德《沁园春·丁巳重阳前》

思 念

秋风寒　独怅惘
荒草丛中觅鸳鸯
登高处　极目望
大雁南飞排成行

曾相爱　意深长
怎知落花情无常
望祁连　雾苍茫
黄河岸边泪两行

相思苦　誓难忘
长夜望穿守空房
爱意浓　恨彷徨
孤灯残影落诗行

相　思

雁南飞　路遥远
昭君出塞泪始干
裘皮衣　锦绣暖
夜行千帐琵琶怨

秋草黄　望阴山
凄凉绝塞谱诗篇
黄昏雨　思江南
牧马频来报边关

明月瘦　雪微寒
谁怜红烛照影单
孤木凄　千秋在
雁落青山黑水间

哀　怨

残阳立　秋风急
知己红颜隐踪迹
誓相守　常慰藉
星落虎难谁能知

夜惊起　灯将熄
枕边床头谁解意
尘未断　愁眉聚
屋寒被冷泪沾衣

燃药炉　煮根荆
皆为浮名误春期
恨平生　饱诗书
博学鸿儒无留意

吟　花

桃花红　杏花香
古有梨花压海棠
桂花黄　玫瑰香
今有醉翁饮琼浆

杜鹃红　梅花香
洋芋牡丹各芬芳
葵花黄　荷花香
怀抱玉珠思暖床

千日红　夜来香
鸳鸯蝴蝶夜成双
菊花黄　郁金香
倩魂销尽有情郎

送　别

春心动　方寸乱
珠圆玉润暗香暖
牵酥手　并玉肩
吟歌颂词唇齿间

染红尘　情未断
花容月貌香满院
挽柳腰　描凤眼
饮酒赋诗爱缠绵

紧相依　秋波转
莺声燕语话良缘
送君行　赠书卷
梨花带雨泪婵娟

秋　凉

秋蝉鸣　天微凉
河干水枯草地黄
雁南飞　回故乡
病起体弱心发慌

夜幕临　寒气涨
孤灯暗室独坐床
月如钩　映星光
凄凉满地洒白霜

相思苦　蓉难忘
朱颜憔悴鬓如霜
心相印　别离伤
情到深处断人肠

心　痛

秋渐末　寒风吹
枯枝落叶积成堆
思情人　泪崩溃
寂寞苦情心如灰

冬始初　雪映辉
浓雾结霜冰如翠
爱太深　入骨髓
愁损柔肠心欲碎

秋月寒　冬雪瑞
风花雪月惹人悴
情涌动　爱悲催
撕心裂肺痛为谁

相　见

掩文稿　闭书卷
静坐案头思绪乱
相思袭　心不安
魂不守舍坐立难

爱涌动　如初恋
心如脱兔情在燃
窗外望　暮色暗
急不可待往外窜

相约处　近在前
心慌气短腿发软
人飘摇　步蹒跚
相爱相惜今相见

红　颜

酒醇绵　醉红颜
娇憨妩媚令人怜
舞妖娆　身妙曼
娇香玉嫩惹人眼

歌清婉　入心田
娇声细语动心弦
爱风尘　误前缘
娇花照水月难圆

愁入骨　夜微寒
娇喘柔弱声低颤
心欲碎　泪潺湲
娇寒锁梦影孤单

悲 伤

秋月明　江微寒
枯林古道形影单
云欲坠　山叠峦
孤坟新碑泪如泉

秋风冽　夜渗寒
目断魂销自哀怨
伤心处　独怆然
天堂人间隔两岸

梦相伴　痛荏苒
爱别离苦肝肠断
情难绝　命悲惨
今生情尽来生缘

凄　婉

春将暮　秋色染

崇山峻岭念荒寒

夕阳斜　天色暗

一抹云烟晚霞残

水车转　江水寒

荒湾野岭鸳鸯单

杜鹃鸣　声哀怨

悲欢离合在人间

人憔悴　身微颤

孤鸿寡皓泪沾涟

愁无际　痛心尖

摧心破胆夜凄惨

孤　独

寒风袭　白雪飘

秋尽冬来梅花傲

白塔皎　黄河俏

银装素裹树妖娆

日暮临　浓雾罩

衰草寒烟鸟无巢

形影单　空寂寥

雪鬓霜鬟白眉梢

伤心事　谁知晓

残妆拌泪染衣角

相思苦　朱容老

不见红颜把门敲

草 原

阴山下　百草长
家人欢聚白毡房
青稞酒　酥油香
凉风袭来思兄长

青山黛　白雾茫
牛羊漫过黄石岗
遇儿伴　鬓如霜
苍桑岁月话衷肠

幼无知　草地躺
追蜂捉蝶采花忙
有心人　含羞藏
雷公山下情难忘

回 乡

白杨林　河边柳
草原花开似锦绣
金银碗　香甜酒
青山绿水画中游

藜麦红　渐入秋
牛羊回圈已失修
侄少壮　孙尚幼
村姑回头掩人羞

重到处　情依旧
亲人相见泪花流
故乡情　别离久
魂牵梦绕永不休

乡　情

清香酒　酱香酒

不及家乡青稞酒

黑牦牛　黄犏牛

不如家乡白牦牛

年少狂　性执拗

黄河岸边似水溜

五泉清　白塔秀

南山北岭竞风流

而如今　年入秋

断雁孤鸿形似鹜

爱已尽　情难留

天涯海角任漂流

孤　愁

孤雁飞　声哀怨
湖面倒映落影单
夕阳坠　天色晚
秋风细雨满目惨

病入骨　精气散
形若槁木身微颤
伤心语　低声言
哀痛入骨泪相伴

夜苦短　念苍颜
月渗寒霜落枕单
空思念　忆缱绻
孤俦寡匹愁难眠

孽　缘

苍山泣　浓雾绕

烟波澹荡白云飘

钟鼓鸣　枯树老

残垣古寺桑烟袅

夕阳照　江水涛

荒草寒山布谷叫

飞鸽书　伊人邀

离群索居情未了

夜未眠　天破晓

怨旷思归心烦恼

帛阑船　码头靠

青衣素装立江桥

心　焦

遇莺朋　聚燕友

觥筹交错饮酒欢

忆往事　谈伤感

临风微醉寻家园

天将明　仍不眠

披衣起身晨畏寒

伏桌案　临书卷

推文敲字下笔难

写诗易　填词难

捋发断须手抖颤

恨词穷　达意难

悲愧交集情何堪

美 人

春意浓　燕呢喃
迎春花开香满园
粉红裙　发披肩
如花似玉美人颜

柳叶眉　丹凤眼
桃腮杏脸明眸盼
肌如脂　肤似玉
红唇皓齿口若丹

行如柳　气若兰
纤腰玉峰惹人眼
体幽香　人如莲
玉人羞花暗自怜

青青子衿，悠悠我心。纵我不往，子宁不嗣音？

青青子佩，悠悠我思。纵我不往，子宁不来？

选自《诗经·郑风·子衿》

敦煌少女

如梦似烟　不堪回首

得与失的交响

留下了串串的遗憾

沙漠中优雅的驼铃

掩不住孤雁声声哀愁

你就如敦煌壁画上的飞天

一半在里一半在外

沉默如千年的拒绝

不知是因你双眼

星斗满天

还是你眼里

满天星斗

通向你的路

腾起了又沉重落下

我干裂的嘴唇

渴望鸣沙断崖的清泉

初恋情人

拥挤的街道上

一张张陌生的面孔

溃溃闪着亮光

让人感到意外的亲切

今天是周末

能回家的都回了

唯独无家又无处回的我

只能坐在街面上

这家不起眼的酒吧里

看着匆匆的人们

想想家——真好

今晚我绝不翻动书本

再不愿文字的方阵

困住我破坏我的情绪

只想喝点啤酒

听着泡沫嗞嗞破灭

想想恋人——你

虽然你温柔如蜜蜂般

蜇痛过我也伤过你自己

可我仍会在这遥远的地方想你

对面无人

我便从记忆的深处

挤出你的倩影

端庄静坐　脉脉含情

伴我度过这孤寂的夜晚

静夜想起你

清冷的月儿如你的双眼

冰凉地洒落在我的肩头

在这不能和你相会的夜晚

只有满面泪水的蜡烛

用黄昏般苍老的语言

与我倾诉着往昔的伤感

注定我将错过爱情的季节

无力回避冰一样的感受

然而　我相信

在一个寒冷的夜晚

你会用一串滚烫的语言

来融化我

已被冬冰封的情感

或者在梦中

用许多悄悄话

像海水抚摸沙漠一样

温柔　缠绵

你会回来

茕茕孑立于日落黄昏

我孤独的身影沉重如铁

你的面容如草原的天空

昨日和今日

仅是一夜的飘零

你如阳光般灿烂的笑脸

就隐到山那边去了

秋日白杨似的我

即使是风吹落了叶吹折了枝

也绝不会挽起白刺般的胳膊

在夜晚如夜莺啼泣

或者对命运举起双拳

把如火如荼的爱

转化为几滴不轻弹的眼泪

因为我知道

在一个暮色渐近的黄昏

你会哭天喊地地回来

像受尽委屈的孩子

泪水潸潸地

站在我的面前

爱没有罪过

像耶酥钉在十字架上一样
横躺在图书馆草坪上
任风像卷动废纸一样卷动着头发

夜幕已渐渐拉起
仰望天空才发现有那么多星星
是那样的近，又是那样遥远

夜很静
是凶是吉
往事如长河一样清晰模糊

不需要什么含蓄朦胧
也不需要伪装自己
爱那又怎样

既然选定了

就从来不考虑什么后悔

因爱是没有罪过的

孤独地歌唱

今晚空虚得要死
无法表达的意象
咀嚼着夜的孤寂
注定我是个受难者
只能用文字和符号
完成苦难的一生
我无法超脱
更达不到涅槃的境界
就只好把一个个日子
打成叠放在心里
感谢那个爱过我
和我爱过的女孩子
给我了生命新的启迪
在这个挤瘦了意象
挤瘦了诗情的国度里
我还能孤独地歌唱

今天是涨潮的日子

群星狡黠地眨着媚眼

无形的神秘

冲淡了夜的神奇

朋友来了

便彼此坐在对方想象中

听窗外风踏过雪地的声音

渐渐近了又渐渐远去

每一次回忆都是伤痛

我用心舔舐着满身的疤痕

只希望那金色的季节

是一个沉甸甸的收获

人累了——

心总不肯休息

爱　你

透过酒杯

凝望着你红润的面颊

我迷离的双眼

顿时找不到方向

难道是渴望已久的甘露

降临到我干涸的心房

我的执着

已成为爱情雕像

忠贞不渝且冥顽不化

却不承想

在你温情的明眸里

轰然崩塌

刻骨的爱

尽来自瞬间

让人猝不及防

但我知道

你那微启的丹唇

就是我灵魂安眠的地方

爱　恋

你忧郁的目光

如黑色闪电

穿透了我

紧锁的视线

一股莫名的悲伤

像秋天的细雨

打湿了我整个衣衫

让人彻骨冰寒

饱满的月亮

穿过零星的白杨

伴我来到你身旁

我像离家多年的孩子

不敢凝视你的双眼

四处游荡的我

终于明白

追求一生的爱恋

就在这大漠深处

离黄河最近的地方

围　巾

你送的围巾

非常保暖

我舍不得

就保存到衣柜

想你的时候

就拿出来

围在脖子上

如你白嫩的双臂

搭在我的双肩

少女似的清纯

温暖而柔软

让我的内心

泛起春的温暖

我时常带着它

站在镜前

面对着自己

傻傻地微笑

很美　很甜

猫　咪

拉着你软软的小手

轻轻地把你揽入怀中

你的身体柔软发烫

绵绵地趴在我的胸膛

嗔怒的小嘴

发出幸福的欢唱

娇嫩的舌尖

鲜红而湿润

忽闪的眼睛

在睫毛下溜溜发亮

是你对我爱的回馈

还是对我情的深长

可爱的小猫咪

拥抱着你

就像拥抱着

自己的小情人

她也像你一样

有一双挠人心的利爪

也害怕别人揪她

毛绒绒的尾巴

花 朵

你是一朵迟开的木棉

历经整个温润的春天

粉色欲滴　含苞待放

清澈透亮的眼睛里

闪烁着迷人的光亮

我站在身后

不敢惊扰你的芬芳

静静地注视着你

枝头细微的变化

当你含羞地打开

美丽的花瓣

红色如唇的花蕾

吐露出嫩黄的花蕊

我就会像蜜蜂一样

振颤双翅

携带着花粉

降落到你的心上

小情人

你的小嘴　很甜
娇嗔的双唇
盛满着美酒
让人回味绵绵
没什么能替代
你青春的芬芳

你像一只小鹿
一不小心
窜入我的心房
四处冲撞
惊恐的眼神里
闪烁着忐忑与彷徨
我想采来
满山的杜鹃花
为你编织
美丽的花栏

永远把你

困在心上

晓　帆

你像初长成的姑娘
匀称的身材微隆的乳房
小巧的嘴唇像樱桃一样
毛茸茸的眼睛忽闪着亮光
红扑扑的脸蛋像粉桃一样
说起话来一副害羞的模样
身上散发着女人特有的清香
你让我回到了童年幸福的幻想

你像待出嫁的姑娘
白嫩的胳膊手指纤长
玲珑的鼻子像海棠果一样
黑油油的头发乌黑发亮
粉嫩嫩的耳朵像桃花一样
走起路来体态轻盈安详
身体柔软而浑身发烫
你像一股扑面的热浪
让我惊慌失措猝不及防

想想爱情

静谧的下午

坐在灰色办公室里

悄悄关上门

泡一杯清茶

怀揣一份温暖

手拿一本新书

在淡淡的墨香中

品尝爱的味道

想想家

想想爱情

真好——

太阳温暖地

照进窗户

娇柔地躺在桌面上

房间充满着

阳光的味道

打开电脑

看看恋爱喜剧

想想老婆孩子

心里暖洋洋得

爱就这么简单

认定了——

就是一辈子

再次相见

牵着你的手
还是那样让人心动
尽管岁月的沧桑
布满你的面颊
在我心中
你还是当初
动人的模样

你低着头
盛满泪水的双眼
融化了我对你
多年的哀怨
爱你是那样的痛苦
恨你却无丝毫怨言
今天的重逢
不知何日还能相见
对你的爱
到老不变

等　待

等待是一生的诺言
不管你是否回来
那是心中一道
亮丽的风景线
就像母亲站在村口
踮脚望儿回家的期盼

等待是一生的誓言
不管你是否想起
那是留在记忆里
珍贵的爱恋
就像满载情感的列车
即将到达幸福的终点

等待是对你一生的挂念
不管你是否相信
那是对你无限的思念

就像珍藏心底的美酒

越久味美香更甜

夏　夜

夏日的夜晚

我坐在窗前

听着窗外树下

知了嘲笑般的鸣叫

想起你的无情目光

一股痛楚油然而生

不由自主的悲愤

像寺庙钟杵一样

撞击我的心脏

我是那样的爱着你

愿把一切献给你

我的青春

甚至我的生命

却也没有留住你

追求自由的向往

我总想在你

疲倦的生活里

寻找一点希望

来温暖我

冰一样的忧伤

夜 雨

风推着云走

云下着雨

雨打着树叶

啪嗒嗒作响

地面的积水

冲刷着

昨日的悲伤

瓢泼的大雨

浇灭了对面

彻夜的灯光

窗外黑洞洞的

我潮湿地站在

黑洞洞的心里

瞬间的闪电

是唯一的亮光

电光石火

点燃不了

对面的灯光

我的爱情

像抽了捻子的油灯

在漆黑的夜晚

陪伴着我

漆黑地成长

想你的时候

想在城市附近

建一座四合院

像我老家的院子

搬来喜欢的书

摆放到正屋

院子中间

种一棵树

树下放把椅子

养一只猫一只狗

建立一个属于

自己的王国

闲暇时

躺在椅子上

泡杯茶捧本书

怀里抱着猫

脚边卧着狗

想你的时候

给你打电话

邀请你来

当我的女王

在纯洁的院子里

培植爱情和希望

风筝的线

思念长出的青苔

铺满了回家的小路

绿绿的石阶

温润潮湿

让人一不小心

滑入对你的思念

那一缕缕相思

像放飞风筝的线

拴住我的心

拉扯着我的衣衫

风筝飞得越高

越是让你揪心

牵挂和不安

这头是放飞的我

那头是守家的你

风筝的线扯痛了我

也扯痛了你的心尖

品　茶

不管我走到哪儿

身边都带着

你送的茶杯

一个人的时候

就坐在窗台前

泡一杯茶

慢慢地品尝

淡淡的清香

仔细地回味

那一份清新和牵挂

想给你打个电话

听那暖人的声音

又怕打扰你的梦

手握着茶杯

思念的苦味

从杯底泛起

茶浓思念愈浓

夜深人静

我无法入睡

梦中情人

梦中的情人

就是你这个模样

连名字都一模一样

含羞的笑容

小巧的乳房

让我的眼睛

无处躲藏

多少年在梦里

与你相会

梦醒时分

空欢喜一场

今天的偶遇

竟然梦想成真

怦然的心跳

是爱的涌动

我分不清

是梦是醒

是真是假

你浑身洋溢

爱的热浪

无顾忌地

来到我的身旁

四周弥漫起

爱情特有的芬芳

风

冬天的风　干冷

我站在村口像树

极目山川

土灰荒芜

就像你那张

冻僵的脸

再热的阳光

也温暖不出

你动人的笑脸

冬天的雪　很大

瓷实地压迫着大地

登高远望

白色苍茫

当火红的太阳

映红整个苍穹

却也染不红

你一丝红颜

我再不会期盼

你如雪白的脸

温暖我疲惫的冬天

女朋友

多少年蹉跎岁月

历练和造就了你

成熟稳重的风韵

岁月犹如流水

荡涤人间的尘埃

你强势亮丽光芒下

潜藏着一颗柔软的心

冰雪聪明洞察世情

隆起的胸脯

不经意地显露出

女人特有的温存

苗条的身材散发着

迷人的清香

让人意乱情迷

我从心灵深处

涌出一股股爱恋

不动声色地

靠近你的身边

柔条嫩枝软玉温香

怅卧新春白袷衣，白门寥落意多违。

红楼隔雨相望冷，珠箔飘灯独自归。

选自李商隐《春雨》

教室的灯光明亮

每一次走过这间教室

忍不住停下脚步

向里面多看几眼

三十年前与你共读

清晰地浮现眼前

灯光还是那样明亮

学生们换了一茬又一茬

教室那个座位上

总好像坐着你的模样

站在教室讲台上

眼睛总看向那边

我们曾经坐过的地方

每次都是失落和惆怅

灯光还是那样明亮

思念的痛苦折磨着我心房

座位上坐着你的模样

校 园

静谧的师大校园
教学楼前的枣树林里
我丢失了初恋
丢失了你
丢失了那份温存
我像没有灵魂的躯壳
在校园里四处游荡

每当一道道闪电
撕裂校园的夜空
我那颗受伤的心
鲜血流淌
风雨无阻地来到
你我相依过的地方
寻找那熟悉的温存
熟悉的芳香
失去你的日子里

我生命里充满

痛苦的悲伤

一种幸福

喜欢你每天清晨

穿着红色的高跟鞋

走过长长的走廊

鞋跟与地板触碰

发出轻脆的声响

每一声都震颤着我

心弦嗡嗡作响

令人着迷撩人心扉

总觉得你会停在门前

推开我紧闭的房门

悄悄地进来

与我发生一点

暧昧的故事

每当脚步声在楼道响起

我总兴奋起来

有一种莫名的期待

那种声音

像有无形的磁力

把我的魂

深深地吸引过去

跟随着你高跟鞋

在楼道里来回飘荡

让我没法拒绝

这份甜蜜的牵挂

心甘情愿地

沉醉在美妙的幻想

女同学

你用陕西方言

朗诵唐朝的诗句

让我感觉

回到唐朝盛世

贵妃的雍荣华贵

在古城的街道上

体现得淋漓尽致

华清池的香汤沐浴

浸泡出羊肉泡的香气

我在你温柔的臂弯中沉迷

体内涌动起阵阵热浪

总想把你拥抱在怀里

我用颤抖的双唇

亲吻你洁白的双臂

瞪大双目四处寻觅

古人遗留的痕迹

我终于在

大雁塔古寺的厢房里

找到了玄奘步行的足迹

女儿国香艳故事

在丝绸古道上重新演绎

我用西部戈壁火一样的热情

温暖你逐渐变凉的身躯

用我沙漠般滚烫的语言和文字

浸泡出你古城美丽神秘的香气

女 友

粉红色的灯光里
你像身着红装的新娘
安静地坐在我的床头
显得那样镇定从容
没有往昔的矜持与娇柔

你抬起娇羞的面颊
明眸在睫毛下闪动
轻轻地拉起我的双手
安放在你微隆的双乳
颤抖地亲吻我的双唇

此时的我早已泪流满面
跪倒在你的面前
双手紧紧地抱住你的双腿
压抑多年的悲伤和眼泪
像决堤的河水喷涌而出

照 片

当我想你的时候

就会捧着照片

与你四目相望

你的眼睛里

总会流露出

一股喜悦的悲伤

我雨水般的眼泪

打湿了你的面颊

却无法化解

你在我心中

永恒的容颜

思念的痛苦

时常将我推向

生命的边缘

我想去找你

陪伴在你身边

好想你 啊

我的亲人

我最爱的人

路灯　月光　女人

冬天的路灯

像雪地站立的女人

在漆黑的夜里

身披夜色斗篷

苗条的身材

显得格外修长

压低的帽沿下

透露出寒冷的白光

冰凉的眼神

让人透心哇凉

我站在灯光

照不到的地方

在夜的拐角处

悄悄地躲藏

等明亮的圆月

爬上对面的山岗

洒下淡黄色的光芒

我就会在雪地

穿过你冰冷的目光

进入那温暖的香房

摔了一跤

五月的临夏是看牡丹的季节
四面八方的人们涌向滨河马路
二十里长的花园香飘满园
硕大的花朵灼伤人的双眼

一枚枚一枝枝一簇簇一团团
红的白的黄的紫的粉的还有黑的
花开得真是鲜娇嫩艳五彩绚烂
满街的女人跟随着牡丹花枝招展

我在人群中寻找那张熟悉的脸
站在彩虹桥头大喊了她一声名字
回头看我的都是牡丹一样的美女
可再美丽的女人也比不上
我心里深藏的憨憨

我看着凋落的花朵任人踩踏

无人关心都一副无所谓的模样

我的心突然针扎一样疼痛

一不小心在临夏的大街上摔了一跤

离　开

我不想和你来往

不是我心血来潮

或一时冲动

也不是你长得不漂亮

声音还带着嗲气

你可能觉得是个男人

都应该喜欢你这样的女人

狐眼迷人酥胸高耸

像罂粟花一样鲜艳有毒

很多男人喜欢你

经常围绕着你的衣裙转悠

你享受着被宠被爱被追求的

幸福快感和满足虚荣心的渴求

你在几个男人之间周旋

像蝴蝶一样在刀尖上跳舞

一不小心会带来祸患

如飞蛾扑火一样惨烈壮观

你对我很好

经常陪伴我的孤独

也曾利用过我

却从来没有过欺骗

还偷偷送给我许多

清凉的双唇温香的臂弯

让我沉醉在蜜一样甘甜

又像吸食鸦片烟一样过瘾

在梦幻般的幸福中失去自己

注定我们没有好的结局

那就没有必要再扮演下去

让我们都回到现实

没有欢喜也不抱怨

我是你身边匆匆的过客

只是回头多看了那么一眼

我会记住你的声音和容颜

在离开你的日子里常会思念

不会原谅

不要把对你的爱

当成伤害我的理由

没有人愿意接受欺骗

谎言和无端的指责

不要因对你好感

就把别人的善良

作为试探爱情的深浅

别拿和他人的暧昧

挑战我从不缺乏的尊严

用你轻佻言行

触碰我做人的底线

喜欢你是自由

离开你也是一种选择

我可以不恨你

但永远不会原谅你

回 乡

每次回老家就想看你一眼

打听一下你的日子过得怎么样

经常睡觉做梦

都是老家的山老家的水

老家的村庄和场院

还有那些叫不上名字的小伙伴

最清楚的就是你圆圆的脸蛋

一辈子经历了多少爱和恨

却怎么也忘不了你别离的眼神

那一份牵挂一份乡愁与情仇

还有那一份乡亲乡音与乡愁

酒是越放越香醇

情是越久爱愈浓

人生多少悲欢离合何时才能到头

我只记得你圆圆的脸蛋粉红色的面

我要远去

穿堂而过的风

总会让人着凉

流言蜚语

会让人的心受伤

不用顾及别人怎么想

要像一个真正的男人

好好地活上一把

敢爱敢恨

也敢做敢为

就像一块英雄的石碑

活得令人敬仰

捡起一路的艰辛

和破碎的爱情剩渣

打进自己的行囊

一路向前

不用回头

任凭汗水和泪水

打湿自己的衣衫

滋润前进的步伐

抬头远望

目光所及

皆为征服的目标

前进的方向

雪 崩

当阳光压疼了我弯曲的背影

我孤独的身影在风中摇曳

想说爱你却没说出爱你的语言

每天和你一起过着常人的日子

相互陪伴幸福地长大成人

直到有一天你身披婚纱

站在婚礼的殿堂成为别人的新娘

我站在婚庆的队伍里悔恨交加

布满伤痛的面容泪流雨下

我的世界就像山顶的积雪

在阳光的照射下轰然崩塌

铺天盖地雪崩般沉重的痛苦

把我的心碎掩埋在万丈积雪之下

沙 滩

每当感情的潮汐

冲垮心灵的堤岸

生命中的爱恋

就会像潮水一样

向情感的沙滩漫延

我干枯的心田

温暖地潮湿起来

埋藏了多年爱情的种子

在避风的海湾

开始生根发芽

用满腔的嫩绿爱

铺满整个沙滩

我想在礁石的旁边

那一棵椰子树下

修建一个小屋

想和心爱的人一起

享受阳光和沙滩

坐在大海边

学着诗人的模样

"面朝大海　春暖花开"

爱 你

起初的相识

只是朋友间的交往

有你无我都没什么关系

时间久了就有点好感

相互发个信息问候一下

没有别的思想杂念

有一天突然发现

好长时间没有见你

心里还真有点想念

今天收到信息

你说想我了

还爱上了我

想尽快见一面

我按捺不住的心

像爬满了千万只蚂蚁

无限的骚痒和疼痛

折磨着我难以承受

难道是我也喜欢上了你

你的信息

点燃了我

内心深处爱的火苗

我柔软的心

已无法阻挡

对你青春的渴望

一扫多年对爱的恐慌

卸下对往昔的眷恋

义无反顾地扑向爱的火焰

失　望

你长久的冷漠

耗尽了我对你的热情

我炽热的爱情

融化不了你满脸的冰霜

你把失恋的痛苦

塞进了我的胸膛

我滚烫的血液

温暖不了你的心房

你寒冷的目光

浇灭了我对你的希望

我的痴情善良

打动不了你的铁石心肠

你无情的拒绝

摧毁了我对爱情的信仰

我的真情实意

满足不了你贪婪的欲望

你的悲伤

你闪动的眼泪
哽咽的声音
孤独的身影
在风中飘荡
布满伤痛的面容
透露出无限悲伤

你成为我心中
无法割舍的牵挂
我刻骨的爱
无处躲藏
那就让我
陪在你的身旁
小心地守护着你
孤独和凄凉
为你排难为你解忧
心甘情愿地
付出我的所有

大胆地爱

你乌黑的长发

牵动着我的目光

妩媚的眼神

撩动我的心房

灿烂的笑容

让我心潮激荡

微隆的胸脯

令人无限遐思

你用红嫩的双唇

唤醒我对爱情美好向往

点燃我内心深处

暗藏的渴望

我干枯的心

已无力阻挡

你青春潮汐般的波浪

年少时的冲动

突破理智的情感堤坝

我不会再犹豫彷徨

扫除多年对爱情的恐慌

勇敢地卸下住昔的眷恋

抛开所有的牵挂

像名战场的勇士

勇敢地扑向爱的战场

站在阳台

我站在阳台

望着城市的夜晚

奢侈　繁华

像黑色的长裙

忽明　忽暗

肌肤触摸到的风

寒冷　冰凉

我脆弱的爱情

孤独　悲伤

我抬头仰望夜空

渴望不期爱情

穿过夜的长廊

像天空的明月

洒下柔和的光芒

我凌乱的脚步

已跟不上爱的步伐

布满伤痛的心

经不起风吹雨打

可爱的你

可爱又调皮的你

总在不经意时

出现在我的面前

灿烂地眨着双眼

单纯地追求纯粹的爱情

不顾忌闲言碎语

依然来到我的身边

安心地枕着我的臂膀

幸福地进入梦乡

凝视着你红彤彤的面颊

我想化作秋日午后的阳光

温暖地照在

你弱小的身体上

精心地呵护着你

甜蜜的梦香

我凝望着你

清纯的面颊

忐忑不安的心

无法承担

你青春的梦想

祝　福

我把深藏在心底的爱怜
拿出来放在你的受伤的情感里
用时间的温火慢慢地煎熬出你
淡淡的苦涩和轻轻的哀怨

我会用残存的最后一点爱恋
点燃你青春绚丽的火焰
让你清澈透亮的眼睛里
重新闪烁出对爱情的渴望和信念

再不要错过恋爱最好的季节
勇敢地去追寻爱的真谛
不用留恋和顾盼我的身影
我会在你回头就能看见的地方
微笑地祝福你获得人间真情

出差的夜晚

同房伙伴鼾声如雷
让人无法入眠
披衣起身拉开窗帘
一轮明月悬挂夜空
月光撒满北山校园

反正睡不着
就坐在椅子上抽根烟
用心触摸一下
自己的心酸和痛点
在这个冷暖自知的年代
没必要给别人倾诉
自己的痛苦和思念

很多时候忙着赶路
却忽略了自己身边
曾经的美好瞬间

难得静下心来

回味一生的情感

有时快乐

有时也挺伤感

谈谈的苦涩中

总透露着一丝香甜

心　动

心动是触电瞬间的火花

是你眼睛里闪动的一道波光

是一个微笑一句暖心的话语

是一股迷迭香的烟雾

让人眩晕灵魂出巧

为什么不敢凝视你的眼睛

总害怕你灵动的双目

看穿我对你产生的真情

年龄虽然不是爱情的障碍

心动却是恋爱本能的冲动

今生遇见你成为我的爱恋

那就把这份甜蜜的牵挂

放到心上保存在记忆里

"你陪我一程我念你一生"

难熬的夜晚

疫情肆虐的夜晚

窗外出奇的安静

楼道的灯忽明忽暗

显得格外诡异

隔壁有年轻人们

窃窃私语

好久都没回家了

言语里充满着

焦急和抱怨

无奈中渗透出

对妻子和孩子的思念

月亮疲惫地斜挂在天边

泛黄的脸色像感染了新冠

软弱无力的月光

照在办公室的沙发上

我像一条老狗

卷卧在上面

腰痛地咬着牙坚持

不敢发出一点声响

生怕打扰了他们

对亲人的想念

我彻夜瞪着双眼

熬不到天明

其实我也想家

也想那个爱过我

伤害过我的女人

有幸有你

没有上辈修来的缘分

哪有今天的相知相爱

没有命中早已注定

怎会有这般莫名牵挂

你白皙的脸庞

像圣洁皓白的月亮

妩媚的眼神里

闪烁着爱的光亮

你用温婉的语言

抚慰初恋的忧伤

像春天的细雨

滋润我干枯的心房

给我情感的种子

注入爱的胚芽

我重新捡起自己

追寻的梦想

让爱情和诗歌

在人世间幸福地欢唱

今生有幸有你

再无追求和念想

青女欲来天气凉，兼葭和露晚苍苍

黄蜂散尽花飞尽，怨杀无情一夜霜

选自曾缄《六世达赖情歌六十六首》

甘加少女

站在土观山顶望草原

白石崖的云朵洁白如莲

八角古城演绎西汉的威武

甘加先民们用鲜血捍卫家园

放飞的风马如天女散花

与惊起的云雀在天空飞舞

凝望着敬酒少女红润的脸颊

斗石合羊肉尝到了偷吃的清香

醉卧草地寻找童年乐趣

与陌生姑娘唱同一首歌曲

身边牛犊打着鼻喷怒视着我

红色的夹克成为它进攻的首选

合作的女人

青蓝色的烟雾笼罩小城
溪水两边结冰晶莹剔透
街道上女人只露着双眼
长筒皮袄不敌冬日严寒

十二月的合作沉默如初
大雪至今没有光顾草原
风卷起的沙土睁不开眼
依冒梁荒芜得让人心颤

清晨寺院金顶透明发亮
人群如水绕着经筒旋转
我跟着老人的蹒跚学步
姑娘没笑我笨拙的虔诚

给心爱的姑娘

没喝过大碗清凉纯香的酸奶

不能算你真正到过草原

没亲手采过洁白如玉的雪莲

不能算你真正见过雪山

再不要像打断了腿的羊羔

小心地试探前蹄

每一步都是陷落

每一步都是惊恐的战栗

要知道

腼腆和胆怯自古与草原无缘

来吧——

沿着踏满牛蹄窝窝的土路

最多不过在一处水洼

滑一个趔趄

你会明白

掠过草原部落上空

鹰的美妙

蠕动于雪山顶峰的

白色精灵

思念草原的姑娘

城市的节奏

找不到爱的方向

广场的绿地

没有草原的芬芳

是什么撕扯

我的心脏

是你别离的眼神

还是月光下

洁白的乳房

今天的青稞酒

已击不退

对你的向往

你的倩影

时常伴随在我身旁

当草原上

升起皎洁的月亮

我会在梦中

来到你的帐房

醉倒在你

柔软的心上

初　雪

初冬的夜晚

你不期而至

像久违的朋友

来到我的帐篷

彻夜不眠

与我喝酒

想同一个女人

把满腔积怨

洒满整个草原

天刚蒙蒙亮

你不辞而别

退隐到大山深处

我便赶着羊群

翻过山岗

来到这向往已久

却从没踏进的草原

这里弥漫着你我

一样的愤懑与哀怨

想念你

当成群的牛羊

在雪地踩踏出

音符般的脚印

我就会来到

这寂静的山冈

遥望你远去的路

让雪花冰凉地

洒落额头

打湿我的衣衫

你的离去

就像漫天大雪

留给我一地

闲言碎语

让我在雪地

漫无边际地

寻找你的印迹

痛苦地跌落在

情感的旋涡里

无奈地拼凑诗句

因为爱情

暖泉沟两边的山梁

像佛打坐的臂膀

山沟深处的平台

像佛宽大的手掌

手掌的中央

座落着一个牧场

牧场里埋着我的父母

还有父母的爹娘

我是母亲身上

掉下的一块肉

血管里流着

父亲家族的血液

我是父母爱情

发出的新芽

用鲜活生命

延续父母的希望

我是生命中的一个链条

是把痛苦

摊给子孙的过程

直到生命的鲜花

枯萎凋零

我也会来到

这个山湾牧场

安静地陪伴在

父母身旁

深情地注视着

我的孩子们

爱情的滋长

生命的繁衍绵长

草原之夜

寂静的山谷

月光洒落在草地

清风徐来松涛阵阵

白云从头顶飘过

小河如银

穿过草原

蜿蜒地流向远方

草原的夜很长

深蓝色的暮色中

群星眨着眼睛

温柔地注视着我

牛粪烧得很旺

火堆里时常闪现

你明亮的眼光

我夏日的帐篷

时常会浮现你

娇憨妩媚的模样

高原情

天空的云朵

伸手可摘

心爱的姑娘

远在他乡

你的倩影

时常出现在

门前山冈

长发披肩

身着盛装

草原的花朵

亲吻你的衣裳

成群的牛羊

围绕在你身旁

倾听着你

清婉动人的歌唱

你的一颦一笑

时常牵扯着

我的心肠

思念的痛苦

让我的泪水

沾满衣裳

爱你是真的

心痛也是真的

回　家

天空瓦蓝瓦蓝

没有一朵白云

草原安静地绿着

牛羊懒散地卧在草地

河水打着经筒旋转

帐篷上冒着

牛粪燃烧的青烟

不时飘散出

奶茶的清香

我心爱的卓玛

难道早已知道

离家多日的马帮

今天要回到家乡

她心上的人

来到她的身旁

雪　灾

凛冽的寒风

卷着鹅毛大雪

铺天盖地而来

掩埋了整个草原

我在茫茫的风雪中

迷失了回家的方向

蜷缩在土坎下面

浑身发抖手脚冰凉

昏睡中仿佛听到

美丽的达娃卓玛

呼唤着我的名字

还不停地向我招手

潜意识告诉我

要坚持不能倒下

我起身挪动着

僵硬的双腿

赶着成群的牛羊

努力地翻过山冈

终于看到了

金顶琉瓦

经幡在风中飘扬

我一眼就看见

你从村口向我奔来

满脸泪花

南青卓玛

雪过天晴的日子

草原格外明亮

阳光刺目

到处白茫茫一片

对面的山包

像丰满的乳房

嫩黄草芽

努力地生长

待雪融化

绿草芳香

巢窝雏鹰

想尽快褪去

嘴边绒黄

学会展翅飞翔

都为期盼

放牧的南青卓玛

赶着羊群来到牧场

看她花一样的笑脸

听她鸟一样地歌唱

我要趁早把帐篷

扎在不远的地方

全身心地等待她

守护我内心深处

纯洁的香格里拉

山路幽长

冬天的草原

显得格外空旷

西北的风呼啸着

卷起沙尘遮天蔽日

柏杨树竭力站稳身子

掉落的黄叶向水沟翻滚

安远镇的街道沉默如初

村庄到县城的那条路

还是那样蜿蜒漫长

道路两边的田野

依旧寂寞荒凉

我们走过的路

再也找不到

你的模样

相约学成回乡

实现我们的梦想

你却早已远嫁他乡

思念的痛苦撕扯心脏

我孤独地站在这条路上

伤心的眼泪布满衣裳

脑海里萦绕你的模样

我们一起走在路上

道路崎岖而漫长

让我寂寞又惆怅

奶茶飘香

清晨从清脆的鸟叫声中梦醒
帐篷里充满青草清纯的清香
牛粪火堆架着铝壶冒着白汽
奶茶的飘香引发饥饿的食欲
起来，喝奶茶
你在火堆旁火焰映红了面颊

昨晚一场大酒兴奋冲昏了头脑
吹牛说爱你还要向你表露真心
朋友们就把我抬到了你的帐篷
趴在卡垫上呕吐了一夜的衷肠
起来，喝奶茶
你的眼里闪过一道温柔的霞光

我羞愧地抱歉不敢凝视你的双眼
在身后用目光偷偷抚摸你的秀发
我想轻轻盘起它让你做我的新娘

压抑多年对你的爱情在心间荡漾

起来，喝奶茶

你的微笑像清晨的阳光一样灿烂

心　声

我想在拉萨的大街上寻找

眼睛里闪着彩虹的姑娘

在绛红色的人群中寻找

浪子宕桑旺波英俊的模样

东山顶的月亮依旧那么明亮

雪地的脚印还是那样惹人猜想

八角街黄色的石屋灯光彻夜闪亮

拉萨河诉说的动人故事凄婉传唱

剪不断的思绪伴随历史绵延漫长

割不舍的情感交融让人血泪流淌

你像一道蓝色的闪电击穿我的胸膛

我在布达拉宫的桑烟里迷失了方向

我要去大昭寺阳光喜欢和青睐的地方

等待谜一样的姑娘谜一样的仓央嘉措

驾着七彩祥云翩然降临到神圣的佛堂

佛乐声起法号鸣百兽伏地百鸟争鸣

祈　福

点燃松柏放入塔

抛洒青稞五色粮

请上三盏酥油灯

敬碗圣水供桌上

长头叩在佛堂前

香火供奉三宝殿

十方三世与众生

无量功德世代传

玛尼彩旗风中扬

金顶琉瓦闪金光

围绕白塔虔诚转

六字真言口中念

跪拜佛堂祈平安

祈求佛祖赐良缘

千里姻缘一线牵

八宝如意结善缘

愚蠢和错误，还有罪孽和吝啬

占有我们的心，折磨我们的肉身

选自波德莱尔《恶之花》第一篇《致读者》

昔日的恋人

我在梦中千百次呼喊着来看你
雍容的身姿透露着成熟的风韵
你陌生的目光告诉我已成路人
渐白的双鬓彻底惊醒我的梦境

我真后悔不该千山万水来看你
让初恋的甜蜜始终保留在心里
你平淡的面容没露出丝毫欢欣
我痛苦地跌坐在记忆深处寻觅

为什么我总是牵挂着你的倩影
黯然的神色已失去往日的激情
真不应该来打扰你平静的生活
我要把对你的思念揉碎在心里

想对你说

我多么想和你单独待一会儿
让满腹心事像白云一样飘逸
写给你的诗可能早已被遗弃
那就让我重新给你朗诵一次

对你的爱就像鲜花一样绽放
思念的枝叶常簇拥在我身旁
虽然共同沐浴阳光历经风霜
你的笑容始终萦绕在我心上

你的离去像一把冰封的利剑
成为刺痛我一生难舍的磨难
我发誓要远离你美丽的视线
到旷野寻找鲜花盛开的春天

彩霞满天

你的目光穿透了我的胸膛
我布满伤痛的心无处躲藏
你的出现错乱了我的步伐
冲动重新又突破爱的设防

你的双唇吻乱了我的心扉
我不敢正视你纯真的眼睛
突如其来的爱情让人惶恐
我拿什么来接纳你的热情

你的拥抱唤起我男儿豪情
勇敢地把你融化在怀抱里
摆脱世俗演绎千古的传奇
七色的彩霞笼罩世间苍穹

美　人

你是个撩拨情欲的女子
浑身散发着迷人的香气
妩媚的眼神摄人的灵魂
我坠落在你柔软的陷阱

浓厚的头发茂密如海藻
小巧的乳房衣衫下跳动
你天真淳朴与放荡结合
在异性目光中丰满成熟

我在你温柔的怀抱沉迷
在销魂欢乐中失去自己
即便死神恶魔来到面前
也要把你拥抱在我怀里

负心汉

我是一个多愁善感的男人
痛爱过许多可爱的女孩子
每次都像初恋一样的甜蜜
从没有欺骗她们和我自已

我的爱像火一样真挚热情
曾融化过冷艳冰霜的女人
我的情像水一样温柔缠绵
打动过姑娘们圣洁的眼泪

都说我是不专情的负心汉
可从没伤害过爱我的女人
尽管我的双眼布满着忧郁
对爱的忠贞铭刻在骨子里

回来的路上

车在午后的阳光下寂寞地穿行
旷野戈壁找不到烽火台的烟云
黄沙如蚁在马路上肆意地流淌
赤色的山峦长不出如画的风景

蔚蓝的天空白云显得格外耀眼
黑色大地如战火燃烧过的土地
热浪如潮在地平线上涌动翻滚
丝绸古道已难考证往昔的峥嵘

孤独的龙卷风在荒野四处游荡
炽热的沙漠发出野兽沉闷呻吟
枯竭的河道像老女人干裂嘴唇
冰雪祁连滋润不出嫩绿的爱情

怪　我

你迈着坚定的步伐没说声对不起
就转身而去只留给我远去的背影
甚至没稍作停留或回头看我一眼
是那样的决绝无情令人寒心无比

多年深厚的感情竟然就随意抛弃
没丝毫愧疚不安表现得潇洒脱俗
难道是因为爱你就可以无所顾忌
肆无忌惮地来糟蹋我纯洁的爱情

人活着都不容易多点理解和宽容
今生不能相爱就不要再相互伤害
尽管孽缘已尽那就静心等待来世
若来世还能相遇让我们重新再爱

黄河就在身边

淹死的女人飘浮在水面
孤独的灵魂如绚丽浪花
沾在我脚边温柔地抚摸
邀请一起共赴黄泉美景

黄河里野鸭子浮在水面
在众目睽睽下秀着恩爱
身后划拨出美丽的波纹
浪花过后没留丝毫痕迹

草地上情侣守护着爱情
孩子们奔跑着放飞风筝
我没胆量和她随水而去
生活很难活着就得继续

城市爱情

背叛我爱情的女人
在大学里教授法律
光鲜亮丽的外表下
暗藏一颗肮脏的心

我像黑夜里的黑猫
凝视她邪恶地诅咒
常从她的窗前闪过
没有考虑道德轨迹

虚伪的我假装纯真
高举着善良的幌子
声讨忘恩负义女人
欺骗别人欺骗自己

活 着

白天的灯亮着房间依旧昏暗
窗外车流阵阵黄河滚滚东流
一张桌一把椅沙发电脑书架
陪伴我度过三十个春秋冬夏

那个丑陋女人摆出骄人模样
身边蜷卧的狗舔舐她的脚丫
浑浊的眼睛里没有爱和阳光
无视众人的存在鲜花和海洋

灰色的办公楼像坚实的牢房
在风雨中摇晃不会轰然倒塌
无形的压抑封闭了我的自由
让我失去草原还有诗和远方

失去爱情

日月斗转星移两岸青山依旧
巨浪惊涛拍岸江河四季常流
阳台上的花草依旧半死不活
办公桌的书籍落满沙土灰尘

甜蜜的爱情有多少浪漫故事
沧桑的心底抹不尽往昔追忆
无法忘记牵挂的苦思念的痛
用孤独和寂寞的刀凌迟自己

真挚的爱情还没来得及珍惜
失恋的痛苦就已渗到骨髓里
即使身边佳丽如云软玉温香
情感的沙漠不再有爱的绿意

邪恶的念头

都认为我是来自草原的汉子
许多无奈和疲惫被自己掩藏
只不愿将脆弱和柔软的一面
暴露在你纯真和善良面前

我时常假装正经强颜欢笑
内心却充满一种邪恶的念头
总想把头埋在你的双乳间
像受伤的孩子痛快地哭一场

你就不该出现在我情感的世界
攻破我精心建造和守护的家园
像强盗一样夺走我深藏的爱情
点燃起我阴暗的情欲火光冲天

失　眠

睡不着就不要睡了就这样静静地躺着
没有意识的大脑里转不出动人的诗句
没有人真心在乎你就多用心疼疼自己
那圣洁圆鼓的乳房喂不饱婴儿的肚皮

燃根香烟的思绪就是爱情痛苦的经历
没有种子生根发芽开花结果完美结局
流淌的眼泪和汗水滋味像内心的酸楚
追求平淡的惊奇痛苦不是爱情的实质

饱经风霜的目光穿透黑夜无爱的欢愉
不缺钙质的骨头和血性即将燃烧殆尽
灵感就在夜幕微颤如少女羞怯的初次
容纳情感进入成为我接近诗歌的方式

自私的爱情

我和别的男人一样都有动物雄性激素
面对自己心爱女人有强烈的保护意识
不得有任何人靠近有强烈的占有欲望
会用自己的荣誉和生命誓死捍卫爱情
面对任何威胁挑战不要怪我凶狠无情

我怀揣着纯银的语言降临到这个世界
用诗歌的方式表达对太阳月亮的膜拜
对大自然的敬畏和对父母的感恩之情
还有向心爱的人表达追求幸福的渴望

我常用心血浸泡成有毒的笔作为利器
讨伐背叛爱情和不忠不义的势利小人
谁能阻挡我冲锋陷阵悍不畏死的冲动
尽管会遍体鳞伤最终将马革裹尸沙场
但也绝不放弃对爱情忠贞不渝的信仰

丑陋的女人

眼泪洗不掉的耻辱把我钉在十字架上
钻心刺骨的疼痛让我的肉体不停颤抖
那只尖嘴的黑乌鸦乘机啄走我的双眼
流出的鲜血在寒风中洒落结晶成冰霜

你身边的狗残忍地剖开我炽热的胸膛
剜出我鲜红的心脏放在你肮脏的手上
你那张扭曲变形老巫婆般惨白的嘴脸
露出阴暗邪恶的微笑让众人不由胆寒

我坦荡无私的心跳灼伤你恶毒的双眼
诅咒你制造的惨剧会得到无情的审判
正义的达摩之剑将斩去你罪恶的头颅
佝偻的躯体会在阳光照射下烟消云散

讨厌的小妹

每当我喜欢一个漂亮的女人
想和她发生一点暧昧的故事
你横眉冷对就是不让我靠近
那霸道的面孔着实令人生气
不留丝毫情面让我难堪无比

你挺着尚未发育成熟的胸脯
傲骄地挥散女人特有的香气
像雄性动物宣誓霸占的领地
装扮成一副成熟女性的模样
破坏我精心设计的情景相聚

你的内心无法承受诗人的癫狂
温暖的怀抱融化不了我的忧伤
追逐爱情的我注定会悲催凄凉
你就远离情感的旋涡不要接近
让我压抑的激情四处奔放宣泄

爱　人

月光淡淡洒落在你的脸颊
苍白的面容没有丝毫红晕
你睡梦中发出痛苦的呻吟
我心像刀剜斧凿一样痛疼

该死的病魔缠住你的肉体
时常折磨着你瘦弱的身躯
死神随时窥探着脆弱灵魂
想从我身边夺走你的生命

黑暗的恶魔蚕食你的魂魄
我无法替代你痛苦的身心
就用自己的寿命作为贡品
奉献给上帝换取你的生命

即使死后坠入十八层地狱
那我也心甘情愿在所不惜

继续向东

我想穿过漆黑的长夜
向东迎接明天的太阳
身边纠缠狰狞的魔鬼
阻碍和拖延我的步伐

谁家床头临盆的媳妇
整夜痛苦地蠕动呻吟
窗外焦急难安的男人
头顶闪着绿色的光芒

我还来不及品尝爱情
在黑夜里应有的甜蜜
莫名其妙的痛苦悲伤
如寒霜般渗进肌肤里

我要继续沿星光向东
到达黑夜维系的边缘

坐在河边黑色石头上

等待雄鸡第一声啼鸣

陇南姑娘

满目苍翠绿海波涛

江河奔流幽谷深渊

古镇名居独树一帜

红色掀起史海波涛

白雾缭绕车行云端

山路崎岖道路艰险

先秦文化神秘深邃

仇池遗址古朴庄严

农家饭香银杏树密

品茶酌酒唱英雄曲

借酒壮胆表明来意

端庄秀女笑含樱桃

飞 天

我看到你裸露着双肩
高耸乳房穿着露脐装
在岩壁上摆迷人美姿
让世人久久不敢正视

你在冰冷漆黑的洞里
身披着绸带赤露双脚
反弹琵琶跳着敦煌舞
演绎丝绸之路的雄浑

我不知你在为谁而舞
千百年来保持着忠贞
那一段段神奇的传说
让听者动容爱者如痴

新　书

书整齐地排列在书架
像许多穿旗袍的靓女
彩色绸缎裹出的封面
摆露长腿细腰的艳姿

凝望着她圆润的面颊
抚摸着她光滑的肌肤
触嗅着她油墨的清香
总有着占有她的欲望

迫不及待地揭开扉页
一张香靥凝羞的花容
明眸善睐地展现面前
让人意乱情迷心荡漾

后　记

尽管发表过许多诗歌作品，我也从来没有自居为诗人，顶多算是个文学爱好者。平日喜欢读文学和哲学书籍，文学是爱好，哲学是所学专业，二者虽跟教育行政工作不搭界，却一直都在坚持。

大学时代开始写作，最初在西北师范大学校报牛刀小试，得到诸位师长及同学们的帮助、爱护和鼓励，随后开始在各文学类刊物上发表诗歌、散文、小说作品。大四时在《飞天》发表了一组情诗（三首），从此被同学们戏称为"情歌王子"。

关于写作起初受到才旺瑙乳、云丹索南、旺秀才旦等几位来自家乡的大学诗人的影响。后来和大学同班同学敏彦文、龙世双、闫拥政等创立《晨昕》诗刊，自写、自发、自印、自赏、自娱、自乐，直到现在，有些人还在坚持。进入工作单位后，又有著名诗人邵永强、高尚、高维新等作为学习的榜样，使我没有放弃自己的爱好。古今中外名著涉猎不多，对我影响比较大的有仓央嘉措、李煜、纳兰性德、波德莱尔等诗人的作品，我写的许多作品都来源于阅读他们诗集时产生的感悟，从喜欢到模仿，从模仿到创作，从幼稚到成熟，一步步蜕变，形成了自己多面的风格。

因我天生不善言辞，就把读书、生活当中的一些心得体会用文字的方式记录下来，慢慢地形成了习惯，写作也就成了我业余唯一的爱好。多年来，在文学方面略有涉及，在民族教育方面稍有研究，在宗教和哲学方面也曾尝试，都未取得什么成绩，一度有点颓废。幸遇恩师陈晓龙先生，他对我说："读书你总能自己说了算。"于是投入陈门，跟随先生读了五年书，在教育理论和写作能力方面发生了质的变化，出版了两部民族教育方面的作品。

我对诗歌情有独钟，尤其是情诗，喜欢读也喜欢写。爱情是人类共同的情感，是来自内心的真实体验，无论是幸福还是痛苦，保质期最长，也最令人难以忘怀。在这个物欲横流时代，唯有爱情，纯真的爱情，难以用物质所替代。于是我每遇难事，就会读读诗歌，触摸一下自己的情感，动笔写一写，时间长了就有了一些积累。这次选出的 100 余首作品中，有 30 余首是发表过的，将这百余首作品结集成册，就有了这本情诗集。诗集不仅仅歌颂爱情，还有亲情、友情、乡情，也算是给自己的一个交代，称不上"情歌王子"，最少也算是个情诗的护卫者和写作者。

2022 年 12 月